和风绘

# 舌切雀

〔日〕太宰治 著　　董纾含 译

中国出版集团　现代出版社

图书在版编目（CIP）数据

和风绘. 舌切雀 / (日) 太宰治著；董纾含译. --
北京：现代出版社, 2023.1
ISBN 978-7-5143-9996-7

Ⅰ. ①和… Ⅱ. ①太… ②董… Ⅲ. ①短篇小说 – 小
说集 – 日本 – 现代 Ⅳ. ①I313.45

中国版本图书馆CIP数据核字(2022)第205196号


和风绘·舌切雀

作　　者：[日] 太宰治
译　　者：董纾含
责任编辑：申　晶
出版发行：现代出版社
地　　址：北京市安定门外安华里504号
邮政编码：100011
电　　话：010-64267325 64245264（兼传真）
网　　址：www.1980xd.com
印　　刷：北京飞帆印刷有限公司
开　　本：710mm x 1000mm　1/20
印　　张：4.5
字　　数：25千字
版　　次：2023年1月第1版　　2023年1月第1次印刷
书　　号：ISBN 978-7-5143-9996-7
定　　价：55.00元

　　《御伽草纸》这本书，我本想把它当作一件玩具，去慰藉那些帮助日本度过国难的人，让他们在些许闲暇中获得些快乐。所以，虽然我最近身体不适，常发低烧，但还是在为公事忙碌，以及在处理自家受灾后的大小事务之余，腾出空闲来，一点点将本书写了下来。《取瘤》《浦岛太郎》《咔哧咔哧山》写完之后，接下来还剩《桃太郎》和《舌切雀》。然后，这本书就算写完了。

　　不过《桃太郎》的故事已经极度符号化了，几乎成了日本男儿的象征。所以它的风格相比于故事更接近诗歌。当然，我一开始也是准备按照自己的创作方法来改写《桃太郎》故事的。就是说，我准备为那些鬼岛上的鬼怪添加一些令人憎恶的性格，如此一来，这些鬼怪就成了极恶势力，不去征讨就太说不过去了。于是，桃太郎的征讨行为就能唤起广大读者的共鸣了。

后面的战斗场面，我准备描写得激烈精彩，让读者手心冒汗，仿佛身临其境。（一般讲到还没动笔的作品时，很多作者都会这样情不自禁地大放厥词。其实，创作过程根本不会像他们吹嘘得那么顺利）算了，总之呢，大家先听我说吧！讲故事总要乘着兴头讲，所以希望大家先别给我泼冷水吧！

在希腊神话中，最为丑恶邪佞的妖魔，就是头上长满毒蛇的美杜莎了。她眉宇间深刻着狐疑的皱纹；小小的灰色双眸之中燃烧着可怕的杀意；苍白的双颊因恫吓他人的怒火而抖动着；黑色单薄的双唇因嫌恶和侮辱的态度而歪在一边。而她的每一根长发，都是腹部泛红的毒蛇。当发现敌人时，无数条毒蛇会瞬间昂起头颅，发出既可怕又可憎的嗞嗞声。只要看美杜莎一眼，这个人就会产生一种难以言喻的憎恶感。他的心脏会瞬间冻住，整个身体化作一块冰冷的石头。比起恐惧，她给人带来更多的是一种厌恶感。比起肉体，她侵害更多的是人的心灵。这样的一个妖魔是最可恨的，应该趁早将她消灭。

与希腊神话相比，日本的怪物都比较单纯，甚至还挺可爱。比如说古寺中的秃头妖怪，或者只有一只腿的伞怪。它们大多是跳着舞给一些喝酒的英雄助兴，在深更半夜慰藉酒鬼寂寥的心境。而且，绘本所画的那些鬼岛上的鬼怪，也就只占了个体形庞大的优势罢了。光是被猴子抓了

一下鼻子，它们就大叫一声，翻滚到地上投降了，根本就不吓人。甚至还给人一种心地善良的感觉。

于是，如此重要的驱鬼桥段就显得十分疲软。所以一定要把这些鬼岛的鬼怪，塑造成比一头毒蛇的美杜莎还要令人厌恶的魔鬼才行。如果做不到这一点，还怎么让读者手心冒汗呢？而且，把桃太郎塑造得太强，读者反而会觉得鬼有点可怜。这样就体现不了这个故事的精髓了。就算是齐格弗里德那般拥有不死之身的大英雄，脊背上不是仍留有一处弱点吗？连弁庆也是有软肋的呀！

总而言之，那种绝对完美的强者并不适合出现在故事中。而且，或许是我自己也体弱，所以我非常理解弱者的心理。而强者的心理，

我倒不怎么了解。而且，迄今为止，我还没遇到过从未吃过败仗的强者，甚至连听都没听说过。我想象力比较贫瘠，倘若不是或多或少地经历过一些，我连一行，甚至一个字儿都写不出来。而我在创作桃太郎的故事时，不会让一个绝对不会失败的大英雄登场。我还是会坚持把桃太郎创作成一个自幼爱哭、身体羸弱的小孩。他生性害羞，是个扶不起来的废物。

可是，当那些无比凶残的丑恶鬼怪残害了人们的精神，将人们的生活推进永恒般绝望、战栗、怨怼的地狱时，桃太郎虽弱小无力，但不忍坐视不管。于是，他挺身而出，带上黍饭团，向着那些鬼怪的老巢出发了。我想我就是会这样去写的。还有狗哇，猴子呀，野鸡呀，这三只随从，它们也绝不应是什么模范助手，而是都有些令人无奈的怪癖。而且，有时候还会吵起架来。我大概会把它们仨儿写成《西游记》里的悟空、悟能、悟净的样子吧！但是，当我写完了《咔嗉咔嗉山》，正准备提笔写《桃太郎》时，我突然产生一股强烈的懒惰感。

干脆就让桃太郎的故事维持它单纯的模样算了。毕竟它已经不算是什么故事了，而是一首被日本人代代传颂的诗歌。

事到如今，还要硬去摆弄这首风格简洁且豁达的诗歌，简直是对不起全日本。如果桃太郎是手握日本第一大旗的男子，那别说第一了，就连第二、第三都没争上过的我，又有什么本事去描写这个日本第一的好男儿呢？我的脑海中一浮现桃太郎的那面"日本第一"的旗子，就十分干脆利落地放弃创作《我的桃太郎故事》的计划了。

接下来，我开始着手创作《舌切雀》，并准备将这个故事作为《御伽草纸》的完结篇。不论是《舌切雀》，还是《取瘤》《浦岛太郎》《咔哧咔哧山》，因为这几个故事里都没有出现过"日本第一"的角色，所以我身上的担子也比较轻些，能够自由地去创作。但是，只要谈及"日本第一"，即使只是短暂地提了一下这个国家的"第一"，那么，在讲童话故事时，也就不会被允许乱写了。

要是外国人读到了，大概会说："什么？这还算是日本第一？"那我可就不甘心了。所以，我就在这儿再啰唆一遍，不论是《取瘤》中的两位老人，还是浦岛太郎，抑或是《咔哧咔哧山》里的那只狸子，他们都绝不是什么"日本第一"。只有桃太郎才是日本第一，所以我才不去写《桃太郎》。倘若日本第一突然站在你面前，你会被他的耀眼光芒闪花眼的。好啦，明白了吧？出现在《御伽草纸》中的角色，既不是日本第一，也不是第二、第三，里面也绝不会出现什么"代表性人物"。里面有的，只是一个姓太宰的作家，通过他愚蠢的经验和贫瘠的空想创造出来的、极为平凡的角色。倘若根据这样一些人物，直接推算日本人的轻重，那才真是刻舟求剑，穿凿附会。

我可是很重视日本的。当然，这种重视毋庸赘言。出于我的这种重视，所以我有意不去描写"日本第一"的桃太郎。正是因为这种重视，我才絮叨个没完，一再表示本书中的其他角色并非"日本第一"。读者大概也会对我的这种略显怪异的执拗表示称赞吧。毕竟，就连那位太阁大人都说了——"日本第一，并不是我"。

来看看《舌切雀》的主人公吧！别说"日本第一"好男儿了，他简直可以被称为"日本第一"废柴男。首先，他身体羸弱。在世人眼中，身体羸弱的男人，比脚力羸弱的马儿还没用呢。他总是有气无力地咳嗽着，脸色也很差。早上起来，用掸子擦擦拉门上的灰，再用扫帚扫扫地上的土，就已经筋疲力尽了。

接下来的一整天，他就待在桌子边，一会儿躺下，一会儿又坐起来，一副鬼鬼祟祟的样子。吃过晚饭，他又立即铺好床褥睡下了。这十来年，这个男人年就一直过着这种窝窝囊囊的日子。虽还未到四十岁，但却早已在自己的名字后面添了个"翁"字做后缀，而且，还让家里人都称呼自己是"老爷子"。

怎么说呢，或许他就是个隐士吧！但是，一般隐士多少还是有点家底的，如果一个子儿都没有，就算是想"隐"于世，这世界也会穷追不舍地令你现身的，想甩都甩不掉。我们这位"老爷子"也是一样。虽然现在屈居草庵，但他本是显赫家族的三子。不过他辜负了父母的期望，变成了一个没有像样职业的人，每天悠闲地过着晴耕雨读的日子。其间又染了病，于是，包括他的父母在内，所有人都对他已经彻底失望了，当他是一个病弱的废柴，每个月只给他点糊口钱罢了。

正因如此，他才能过上这种隐士一般的生活。即便住在破草庵中，但他毕竟也是有身份的人。而如此有身份的人，却往往没什么用处。身体羸弱，这的确是事实无疑，但他还未病入膏肓，也不至于连一件工作也做不成。可是，这位老爷子就是如此无所事事。

书嘛，好像读了不少，但是边读边忘，也并没和人讲过自己读了什么。就是稀里糊涂地在读罢了。光凭这一点，这人对于世间的价值也接近于零了吧！再加上，这老爷子还没有子嗣。他结婚已有十余年了，至今无后。可以说，他作为人类社会中的一分子，一星半点的义务都没有尽到。如此无用的丈夫，竟也有个陪伴了其十余年的妻子，岂不让人匪夷所思？

想到这里，大家或许会对他的妻子产生些好奇吧？有人隔着他家草庵的墙壁偷瞧过，之后便大失所望：什么呀，原来就长这样？的确，老爷子的妻子是个毫无姿色的女子。她肤色黝黑，眼神凶恶，粗大的双手布满皱纹。看到她那双手在身前晃荡，弓腰塌背在院子里溜达的样子，人们简直怀疑她的岁数是不是要比老爷子还大。其实，她今年刚三十三岁，正是厄年。她原是老爷子本家的一位仆人，受命来照顾病弱的老爷子。不知不觉，就成了要伺候他一辈子的人。因为是仆人，所以她也没什么文化。

"喂！你快把内衣之类的脱下来放这里，我要拿去洗。"妻子语气强硬地命令道。

　　"下次吧。"老爷子手拄在桌边，撑着脸颊低声回答。他总是用十分低沉的声音说话。一句话的后半截总是被他自己吞掉，于是就只能听到"啊啊"或者"嗯嗯"之类的含糊回答。就连陪他过了十几年日子的老伴儿，也听不清他究竟说了什么。旁人就更是如此了。反正他也和隐士无异，所以他大概根本不在乎别人是否听得懂自己说话。他也没什么固定职业，虽然会读书，但也没准备用自己的知识去写书。而且婚后十来年，膝下仍无子。甚至连日常对话，他都嫌麻烦，一句话的后半截根本懒得吐出来。该说他是过分惜力呢，还是别的什么？

总而言之，他这个人已经消极到无法用语言来形容的地步。

　　"快拿给我呀，你看看你那衣领子，都脏得泛油光了！"

　　"下次吧。"老爷子仍是吞吞吐吐，听不清他在嘟哝些什么。"啊？你说啥？你说清楚点。"

　　"下次吧。"老爷子仍旧撑着脸颊，他认真地盯着老伴儿那一丝笑意也无的脸，这回终于口齿清楚地说出了下半截话，"今天太冷了。"

　　"当然了，都已经到冬天了嘛。不单今天冷，明天后天也一样冷啊！"妻子用训斥小孩子一般的口吻说道，"这大冷天里，一个是躲在家中一直挨暖炉坐着，一个是跑到外面的水井边上洗衣服，你倒说说，咱俩谁更冷啊？"

"这我可不知道。"老爷子微微一笑，回答她，"毕竟你早就在水井边上待习惯了嘛。"

"开什么玩笑！"老伴儿皱起了眉，"我又不是生来就为了给人洗衣服的。"

"是嘛。"老爷子回道。

"快，赶紧把衣服脱了拿过来。你的换洗内衣全都在柜子里呢。"

"会感冒的。"

"那算了，随你的便吧。"老伴儿又气又恼地丢下这句话就走掉了。

这里地处东北，位于仙台的郊外，爱宕山山麓，面对着广濑川的激流，隐于一大片竹林之中。众所周知，仙台这个地方自古以来就有不少麻雀。《仙台笹》这种文章描绘的就是两只麻雀的模样。还有在那出戏——《先代荻》中登场的麻雀一角，可要比名角大腕还要重要呢！而且，我去年去仙台地区旅行时，一位当地的朋友还为我介绍了一首仙台地区的古老童谣：

竹笼眼呀竹笼眼，竹笼里的麻雀呀

何时，何时，出来哟？

不过，这首歌已经不限于仙台地区了，现在它已经成了日本全国的小孩子玩游戏时唱的歌了。

竹笼里的麻雀呀

　　这一句歌词，特意把"竹笼里的鸟儿呀"限定成了"麻雀呀"。而且还自然而然地加入了东北方言"出来哟"。所以，说这首童谣是仙台地区的民谣，倒也应该没什么错。

　　这位老爷子家周围的大竹林里，也住着无数的麻雀。从早到晚吵得人头昏脑涨。就在这一年秋季的尾巴，某个清晨，竹林里不断响起清爽的霰雪敲打声。在草庵院子的地面上，仰面躺着一只扭伤了脚的小麻雀。老爷子发现后便默默将它捡起，又将它安顿在炉子旁，给它喂吃的。这麻雀的脚恢复之后，仍逗留在老爷子的房间里游玩。虽然它偶尔也会飞到院子里，但又会马上停到房檐上，啄食老爷子扔给它的食物，撒些粪便。一旦被老伴儿发现，她就会大喊：

"哎呀！脏死了！"然后上前驱赶。

老爷子则会默默地站起身，掏出怀里的纸，仔细地将房檐上的麻雀屎擦掉。日子久了，小麻雀也能分辨出什么人可以亲近，什么人应该躲远一些。每当老伴儿独自在家时，它就在院子里或是房檐下藏着。而每当老爷子出现时，它便立即飞出来，时而在老爷子头顶逗留，时而在老爷子的书桌上蹦来蹦去。它还会在喉间发着轻轻的鸣叫，啜饮砚台里的水。或是藏身笔架之中，嬉闹着搅扰老爷子读书。不过，老爷子一般都是一副视而不见的模样。他并不会像其他一些爱鸟家一样，给自己养的爱鸟起一些肉麻的名字，还会对着它们说什么"留米，你是不是也寂寞了呀"之类的话。无论这只麻雀在哪儿，在做什么，老爷子都是一副毫不关心的样子。他只会不时地抓一把鸟食，然后，哗啦哗啦地撒到房檐下。

这一天，小麻雀又在老伴儿离开之后拍着翅膀飞到了房檐下，它在老爷子挂着手臂的桌边停了下来。老爷子面不改色地盯着麻雀看，差不多就是这时，小麻雀的悲剧徐徐拉开了帷幕。过了一会儿，老爷子说"是嘛。"然后深深地叹了口气，从桌上拿起一本书，展开来。他翻了一两页，然后又撑着脸颊，愣愣地望着前方。"她说，她又不是生来就为了给人洗衣服的——看来她还是有些执念的。"他低声念着，淡淡地苦笑起来。

这时，桌上的小麻雀突然说起了人话："那你呢？你又怎样？"

老爷子倒也没有特别惊讶，他回答道："我吗？我呀，嗯，我生来是为了讲真话。""可是，你不是什么话都不说吗？"

"那是因为世间之人都是谎话连篇的，所以我才不屑与他们讲话。所有人都在撒谎。更可怕的是，他们自己竟然都意识不到自己在说谎。"

"你这不过是怠惰者的借口罢了。人但凡稍微有点学问，就会偷奸耍滑，装腔作势起来。你根本就什么都没做呀。听说有句谚语叫'自己躺着就不要支使别人'所以，你就不要光对别人指指点点了。"

"你这话说得倒也没错。"老爷子依然平心静气，"但是呢，我这种人也是有价值的。看上去我似乎什么都不做，但是也并非如此。有些事只能由我来做。在我活着的这些年，不知道能不能等来真正发挥自身价值的机会，但是，一旦时机来临，我一定会大展拳脚。在那之前，我就这样沉默着，潜心读书就好。"

"这话又怎么说呢？"麻雀歪着它小小的脑袋，"明明就是

个毫无干劲的'窝里横'，亏你还一副不服输的嚣张架势呢！你现在这样，不就是个隐居的废物吗？像你这样拖着一副病弱的皮囊，才会把时过境迁的美梦当作对未来的愿景，聊以自慰吧！也怪可怜的。你这也不算是什么气焰嚣张，只能算是一种变态的牢骚。毕竟，你连一件好事都没做过。"

"你这么一说，或许的确如此吧！"老爷子变得越发沉稳冷静，"然而，我还是践行了一项伟业的，那就是无欲无求。这件事说来简单，做起来可是很难的。我老伴儿已经和我这样的人一起生活十来年了，我本以为她总算抛弃了世俗的欲望。结果事实却并非如此。她心中的确还留有执念。我觉得她那副样子很好笑，所以才在独自一人时笑了出来。"

正在此时，老伴儿突然探出头来。

"我才没有什么执念呢！咦？你刚刚是在和谁讲话？我怎么听到有个年轻姑娘的声音？那客人现在去哪儿了？"

"你说客人吗？"老爷子还是一副含糊其词的模样。

"没错！你刚刚绝对是和谁讲话了！而且是在讲我的坏话。哼，真过分啊！你跟我说话的时候，明明总是一副含含糊糊故意说不清楚的样子。结果一和那个姑娘聊起来，嗓音竟像换了个人一样，青春极了。听上去真是又活泼又健谈呢！我看是你还有执念吧。而且简直是欲望横流！"

"是吗？"老爷子含糊地回答道，"可是，这儿并没有别人啊。""你少蒙骗我！"老伴儿看上去真的发起火来了，她一屁股

坐到了房檐下，"你究竟当我是什么人啊？我忍到今天，忍了你多少年了！你呢，一直都当我是个傻瓜。的确，我这个人出身不好，也没有学问，所以可能不配和你谈天说地。即便如此，你对我也太过分了呀！我可是从年轻时就在你家里做事，奉命伺候你。然后和你成了两口子。你父母也说我是个靠得住的人，所以希望我能和你成婚——""瞎扯。"

"哟？我哪句话在瞎扯？我瞎扯什么了？我说的不都是实话吗？当时，最了解你脾性的人就是我，不是吗？你根本离不开我，所以我才会来伺候你一辈子的呀。你说说，我讲的这些话，究竟哪句是瞎扯？你说来听听！"老伴儿脸色大变，紧紧逼近老爷子。

"全都是瞎扯。你那时候根本没有执念。仅此而已。"

"你这话是什么意思？我怎么听不懂？你别糊弄我，我可是为了你，才和你一起生活的。我哪儿来的什么执念呢？你这话说得可真是够卑鄙的。和你这种人生活在一起，我一天天地有多寂寞呀，你根本就不懂。偶尔也应该对我说一两句温柔话的，不是吗？你看看别家的夫妇，不论多么穷困潦倒，一到吃晚饭时还是会开心地聚在一起聊天说笑，不是吗？我绝不是什么欲求不满的人。为了你，我什么都能忍。只是，有时真希望你能对我说一两句温柔的话，光是这样，我也就满足了。"

"你这些话说得真是既无聊又虚伪。我还以为你早就放弃了，没想到你还用这些俗套的手段对我哭诉，试图扭转局面，我是不会中计的。你说的这些全是自欺欺人的谎话，是自私的随心所欲。把我变成如此寡言之人的，不正是你吗？说什么晚饭时的聊天说笑，你晚饭的时候不净是在对邻居评头论足吗？还满口都是恶言！而且，你总是用那自私的随心所欲，一个劲儿地说人坏话。到今天，我还从没听你夸赞过任何人呢。

我这个人内心也是很柔弱的。要是被你带得偏离正道，我可能也会忍不住对别人评头论足了。我真的很怕变成那样。所以，我决定不和任何人说话。你们这些人眼里净盯着别人的缺点，根本意识不到自己有多可怕。这让我感到恐惧，也让我惧怕他人。"

"我懂了，你不就是厌烦我了吗？像我这样一个老太婆，你早就瞧不上了，对吧。我明白。那刚才的客人呢？她躲到哪儿去了？我的确听到年轻姑娘的声音了。这也自然，你有了那么个年轻姑娘，肯定是不愿和我这样的

老太婆讲话的。

怎么？你不是说你无欲无求吗？不是还一脸大彻大悟吗？结果一见到年轻姑娘，还不是立即兴奋起来，连声音都变了，还喋喋不休，聊个不停吗？"

"既然你是这样想的，那就随你便吧。"

"随什么便啊？我问你，那客人究竟在哪儿？我得和她打声招呼吧，不然可就太没礼貌了。别看我这副德行，我也是这家的女主人呢，得由我来打个招呼呀。你如此欺辱我，未免太过分了。"

"就是它。"老爷子用下颚点了点那只在自己桌上游玩的小麻雀。

"啊？开什么玩笑？麻雀怎么可能会说话？""会说，而且说得深得我心呢。"

"你究竟要把我耍到什么程度才满意？好，你看着。"她突然伸出胳膊，一把捏住了桌子上的小麻雀，"我要把它的舌头拔了，让它再说什么深得你心的话！我看你平时就十分宠爱这只小麻雀，但我可是烦透了它的。这次正巧是个好机会，既然你放跑了那个年轻的女客人，那这只破鸟就要代替她被拔舌了。真是快活！"

说罢，她撬开了掌中那只小麻雀的嘴巴，一把将它口中那枚细小如油菜花瓣一般的舌头给拔掉了。

麻雀拍打着翅膀，远远地飞走了。

老爷子默默地远眺着麻雀飞走的方向。

第二天，他便开始在竹林里仔细搜寻起来。

拔了舌头的小麻雀，你究竟住在哪儿？拔了舌头的小麻雀，你究竟住在哪儿？

　　他每天都在寻找，直到大雪漫天，他也没有停歇。就仿佛着了魔一般一直在竹林中寻找。这竹林里住着成千上万只麻雀，要从这些麻雀中找出那只被拔了舌头的小麻雀，简直如同大海捞针一般。然而，老爷子却异常地积极，他每天都在寻找。

　　拔了舌头的小麻雀，你究竟住在哪儿？拔了舌头的小麻雀，你究竟住在哪儿？

　　对老爷子来说，他恐怕一辈子都没有过如此热情地为了一件事努力行动。就仿佛沉睡在他心底里的某样东西突然被唤醒了一般。但是，那东西究竟是什么呢？作者（太宰）也不清楚。对于一个身在自己家里却如寄人篱下一般不适的人来说，那感觉或许就像突然找到了最能令自己感到愉悦的状态一般，于是，便会为之努力追寻。一言以蔽之，那就是一种爱吧。但是，比起真心和情爱这种能够用语言表达的心理，老爷子的心情或许是更加孤寂的。他一味地追寻着，这是他有生以来最为执拗的一次积极行动。

拔了舌头的小麻雀，你究竟住在哪儿？拔了舌头的小麻雀，你究竟住在哪儿？

当然，他并没有一边哼唱着这样的歌，一边找寻小麻雀的下落。然而，风声却在他耳边如此喈嚅着。于是，当他一步一步踩在竹林中的雪地上时，这几句话就随之在自己胸中翻涌而出，说不清是歌词还是经文，但却和那掠过耳畔时喈嚅的风声合上了拍子。

　　某晚，仙台下了一场罕见的大雪。第二天天气异常晴朗，眼前的一切银装素裹，十分耀眼。老爷子一如既往，大早上便套了双草靴，继续在竹林中寻找。


　　拔了舌头的小麻雀，你究竟住在哪儿？拔了舌头的小麻雀，你究竟住在哪儿？

此时，积在竹叶上那厚厚的积雪突然滑落，砸到了老爷子的头。可能是砸的地方不太凑巧，老爷子竟一下昏倒在了雪地上。在梦境与幻觉边缘，他听到各种声音在低语。

"太可怜了！是不是已经死了呀？"

"没有，还没死呢，只是晕过去罢了。"

"可是，他这样倒在雪地上，早晚会被冻死吧。"

"这倒是，咱们得帮帮他呀。真是麻烦了。要知道会这样，应该让那孩子早点现身的。她究竟怎么了？"

"你说阿照吗？"

"是呀，不知道是谁恶作剧，伤了她的嘴巴。从那以后她就一直没露过面了。"

"她在家里躺着呢。是舌头被人拔了。所以她现在说不出话来，就一个劲儿地流泪呢。"

"原来如此，是舌头被拔了呀。拔她舌头的人也太恶毒了吧！"

"是呀，而且拔她舌头的就是这个老爷子的老伴儿呢！她其实不是什么坏人，但是，那天不知为何发了一股邪火，突然就把阿照的舌头给拔掉了。"

"你当时看到了？"

"是呀，太恐怖了。人类真是可怕，突然就会做出那么残忍的事情来。"

"她应该是嫉妒吧。这户人家的事我也比较了解。这个老爷子呀，太不把他老伴儿放在心上了。虽说过度娇纵妻子也有点让人看不下眼，但是，对妻子那么冷漠也不好哇。而且阿照也真是的，她和那老爷子相处得太过亲密了吧。算了，这几位都有错在先，干脆别管他们了。"

"哎呀，你这也是在嫉妒吧？你喜欢阿照，对吧？想隐瞒也没用。你不是曾经叹着气说，阿照可是这大竹林里歌声数一数二的麻雀嘛。"

"嫉妒？我才不会做出那么没品位的事。不过，阿照确实要比你的歌声美多了，而且她还是个美人呢。"

"你也太过分了！"

"别吵了，你们无聊不无聊！还是看看该拿这个人如何是好吧？要是放置不管，他肯定会没命的。多可怜啊！他究竟有多么想再见阿照一面，所以才整日整日地在这竹林寻找她呀。结果现在却落得如此下场，真是太惨了。这个人一定是诚心诚意想要见她的呀。"

"什么诚心诚意，不就是个傻瓜吗？这么一把年纪了，还在树林里面追着麻雀跑来跑去的，就是个脑子坏掉的蠢蛋罢了。""别这么说嘛。让他们见一面吧！阿照似乎也还想再见见这个人呢。不过，她的舌头已经被拔掉了，说不出话来了呀。就算我们把这个人在竹林中到处找她的事情告诉了阿照，她也只能在竹林深处躺着，默默地以泪洗面呀。这个人虽然可怜，但阿照却更可怜呢。我说，我们就不能想办法帮帮他们吗？"

"我可不想帮。我对这种男女之间的桃色故事没什么同情心。""这怎么能叫桃色故事呢？是你不理解罢了。我说，就想办

法让他们见上一面吧，这种事本就不能用大道理去评判的嘛。""就是就是！这件事包在我身上了。这种事呀，没什么理由的，全靠神灵帮忙。我老爹说过，毫无理由，就是一心想要尽全力帮助他人的时候，求神拜佛是最灵验的啦。到了那时，不论什么事，神灵都会帮我们实现的。好了，大家都先在这儿等一会儿吧。我这就去求求保佑这座竹林的神灵。"

老爷子醒过来时，发现自己正身在用竹子搭建的漂亮房间里。他坐起身四下张望，此时房间的拉门突然被推开，一个身高两尺的人偶走了出来。

"哎呀，您醒啦？"

"是呀。"老爷子从容地笑笑，"请问这儿是哪里呀？"

"这里是麻雀旅舍。"那个人偶一样的可爱女孩子端庄有礼地坐在了老爷子面前，一双圆溜溜的大眼睛一眨一眨地回答他。"是嘛。"老爷子平静地点了点头，"请问，你是那只被拔了舌的小麻雀吗？"

"不是。阿照正在里面的房间躺着。我叫阿铃。我和阿照是交情最好的朋友。"

"是嘛。那么说，那只被拔了舌头的小麻雀，名字叫阿照？""是呀，她是个特别温柔的好人。您快去见见她吧。她好可怜，现在已经无法开口说话了，只能每日以泪洗面。"

"我这就去见。"老爷子站了起来，"请问她躺在哪儿？"

"我领您去。"阿铃动作轻盈地摆了摆长长的袖子，站起身，走向外廊。

老爷子十分小心地走在青竹铺成的狭窄走廊上，生怕摔倒。"就是这儿，请进吧！"

阿铃将老爷子带到了靠内的一间房门口。这间房十分明亮。庭院中生着细小而繁茂的一丛幼竹，在竹隙之间飞快地流淌过一泓清水。

阿照就盖着一床小小的赤色绢躺在那里。她的面庞是比阿铃更加美丽而又高雅的人偶一般的脸。只是脸色略显苍白。她大大的双眼凝望着老爷子，然后泪珠便接二连三地滚落腮边。

老爷子盘腿坐到她的枕边，什么话也不说，一直静静地望着庭院里不停流淌的清水。阿铃则悄悄地离开了。

什么都不说，如此相对无言，也是好的。老爷子淡淡地叹了口气。但他并非出于忧郁才叹气，而是有生以来第一次感受到了内心真正的平静。是那种平静带来的欢喜之心，化作了一声淡淡的叹息。

阿铃默默地端来了酒食。

"您慢用。"她说罢又离去了。

老爷子自斟自饮了一杯酒，又继续眺望院中的流水。他并不擅长饮酒，只喝了一杯便已是微醺。他拿起筷子，又从菜碟中夹了一

块竹笋吃。这竹笋鲜美极了。但是，老爷子也不是什么美食家，所以，只吃一口便觉得满足了。

拉门再次被推开，阿铃又端了一壶酒和其他菜肴。她坐在老爷子面前：

"您再用一杯？"她劝道。

"不用了，我已经喝好了。这可真是好酒呀！"老爷子这话不是出于客套，而是下意识说出口的。

"您爱喝呀？这是竹叶上的露水。""真好喝！"

"欸？"

"真好喝呀！"

阿照躺在被窝中，听到老爷子和阿铃的对话，脸上浮现出了笑容。

"哎呀，阿照笑了！她是不是想说什么？"阿照摇了摇头。

"说不了也没什么，对吧？"老爷子这是第一次对阿照说话。阿照眨了眨眼，很开心地连点了三次头。

"那么，我就先走了，之后我还会再来的。"老爷子说。阿铃没想到这位访客竟如此平淡且随意，她一脸惊讶道：

"哎呀，您这就要回去了？您之前不是一直在竹林里寻找阿照，还差点被冻死吗？今天好不容易见了面，为何连句温柔的问候都没有呀……"

"温柔话，我确实说不出来呀。"老爷子苦笑着站了起来。

"阿照，就这么让他回去了，行吗？"阿铃急忙询问阿照。阿照笑着点了点头。

"你们两个，性子真像呀。"阿铃也笑了，"好吧，那请您下次再来吧。"

"我会的。"老爷子认真答道，他准备走出这房子时又突然站定，问，"这里，究竟是哪儿呢？"

"竹林中呀。"

"是吗？竹林中竟然有一座如此神奇的宅子呀。"

"是呀。"阿铃回答，她和阿照相视而笑。"不过，一般人是看不到的。您只需像今早那样，趴在竹林入口的雪地上，我们就能领您到这里来。"

"原来如此，那真是太好了。"老爷子下意识地说道，这也依然不是什么客套话，而是出自真心。他顺着青竹铺成的外廊走了出来。

在阿铃的带领下，他们再次回到了那间漂亮的厅堂。不过那儿现在摆了很多竹箱子。

"您难得过来，但我们实在没什么好招待您的，真是不好意思。"阿铃恭敬地说道，"这些竹箱中装的都是麻雀之乡的特产，您就挑一件中意的带走吧。"

"这种东西我可不要。"老爷子有些不悦地叨念，他根本不去抬眼看那些箱子，"我的草鞋呢？"

"您这样我可太为难了，请您选一件带回去吧！"阿铃的声音带着哭腔，"否则，阿照知道了会生我气的。"

"不会的，那孩子绝不会生气的。我知道。请问，我的鞋呢？我应该是穿了一双破草鞋来的呀。"

"您的鞋已经被扔掉了。您光脚回去就好呀。""什么？这也太过分了。"

"所以，还请您挑上一件特产拿回去吧，真的求求您了。"阿铃小小的手掌合十请求道。

老爷子苦笑着看了看摆在屋子里的那些竹箱。

"这些箱子都很大呀，实在太大了。我讨厌拿着行李走路。有没有那种能揣进怀里的特产呢？"

"您这个要求实在太难做到了……"

"那我就不要了，我回去了。光脚回去也不要紧，反正我不想拿行李。"老爷子说完便真的准备光着脚走出房间了。

"您等等，请您再等等！我去问问阿照！"

阿铃急急忙忙地跑去了阿照的房间。很快，她口中衔着一枚稻穗回来了。

"给您！这是阿照用的簪子，请您不要忘记她，一定要再来看看她呀。"

猛然间，老爷子醒了过来，他此刻正卧伏在竹林入口。原来竟是一场梦啊！可是，他发现自己的右手确实紧握着一枚稻穗。深冬时节是很难见到稻穗的。而且这枚稻穗还散发着蔷薇的芬芳。老爷子小心翼翼地将那枚稻穗拿回家，插在书桌上的笔筒里。

"哎呀？这是什么东西？"老伴儿正在家里做着针线活，她眼尖地发现了那枚稻穗，急忙问道。

"是稻穗。"老爷子还是那副含含糊糊的语气。

"稻穗？这时节竟然有稻穗？真是怪稀罕了。你在哪儿捡的？"

"不是捡的。"老爷子低声回答，说罢翻开一本书读了起来。

"这也太奇怪了吧？你最近总是跑去竹林子里溜达，然后迷迷糊糊地回来。结果今天也不知道为何，竟一脸的高兴。还带着这东西回家，装模作样地把它插到笔筒里了。你一定有什么事瞒着我！倘若不是捡的，那又是怎么得来的？你给我说清楚。""是我在麻雀之乡得来的。"老爷子嫌麻烦，就说了这么句话。

然而，这回答显然无法满足他那现实主义的老伴儿。老伴儿不依不饶地考问了起来。老爷子不会说谎，无奈只得将自己的神奇经历全都抖搂了出来。

"哈？这么荒唐的事，你还真好意思说出口哇！"听完他的解释，老伴儿惊讶之余发出一声冷笑。

老爷子不再回答她了，只是托着面颊，呆呆地看起了书。

"你这样胡诌八扯，真以为我会相信吗？这不是明摆着的谎话吗？我全都明白，就是前阵子，对，前阵子的那个，就那个年轻姑娘来过的那一次，从那次起，你就像变了个人似的。整天坐立不安，还一个劲儿地叹气，就跟陷入了热恋一样。真是没脸没皮！你都多大岁数了还痴迷这些？你想瞒也瞒不住的，我全都知道了。我问你，那小姑娘住在哪儿？该不会就住在竹林里吧？我可不会受你糊弄的。什么竹林里有个小宅子，里面住着像人偶一样可爱的小姑娘什么的。呵呵，竟用这种骗小孩儿的话来蒙我，休想！倘若你说的都是真的，那下次回来的时候，就把它们的那个什么特产竹箱子背回来一件当作证据吧？你要能拿回来，我就能相信你。拿个什么小稻穗回家，还说是那小姑娘的发簪，你可真好意思撒那种荒唐的谎话呢！干脆堂堂正正地坦白吧，我也不是什么不明事理的女人，你要是想讨一两个小妾，我也能接受。"

"我只是不喜欢拿行李。"

"是吗？真的是这样吗？那我替你去拿，怎么样？你不是说，只要趴在竹林的入口那里就行了吗？那我去可以吗？你不会不愿意吧？"

"你想去就去吧。"

"哼。真是没脸没皮！明明就是撒谎，还说什么想去就去。我可真的会去哦？"老伴儿脸上露出一个恶意的微笑。

"看来，你是想要那个竹箱，对吧？"

"对呀，就是想要，那又怎样？反正我就是贪心。我想要它们的特产。那我这就出门去，我要挑一个最重最大的竹箱子背回来。嘿嘿嘿。你这傻子，我这就去拿！我真是烦透了你那副假正经的样子了，现在就恨不得把你那张伪善的假皮给剥下来！趴在雪地上就能到麻雀旅舍了，啊哈哈哈哈，这也太蠢了。但我还是会照你说的方法去做的，我这就要走了，你随后要再改口说什么都是骗人的，我可不听哦。"

老伴儿停下了手里的针线活，收好物什走出庭院，踏着积雪走进了竹林中。

接下来发生了什么呢？其实，就连笔者我，也不知道。

黄昏时分，老伴儿背着一个又重又大的竹箱子卧倒在雪地上，

身体早已冷透。看来是由于竹箱太沉，她背不起来，于是直接被冻死在了雪地里。而那竹箱里都是满满的璀璨的金币。

不知是不是托这些金币的福，后来，老爷子很快就入仕为官，最后竟官升至宰相。世人都称呼他为雀大臣。他之所以高居宰相，或许也是因当年对那只小麻雀付出的真挚情感得到了回报吧。但是老爷子每次听到别人的奉承，都只会淡淡地苦笑一声道："不不，这都是托了我夫人的福。她跟我吃了很多苦哇！"

麻雀日历

**Jay.**

Mon.

Teu.

Wed.

Thu.

Fir.

Sat.

Sun.

Feb

Mon.

Teu.

Wed.

Thu.

Fir.

Sat.

Sun.

# Mar.

Mon.

Teu.

Wed.

Thu.

Fir.

Sat.

Sun.

# Apr.

Mon.

Teu.

Wed.

Thu.

Fir.

Sat.

Sun.

# May

Mon.

Teu.

Wed.

Thu.

Fir.

Sat.

Sun.

Mon.

Teu.

Wed.

Thu.

Fir.

Sat.

Sun.

# Jul.

Mon.

Teu.

Wed.

Thu.

Fir.

Sat.

Sun.

Mon.

Teu.

Wed.

Thu.

Fir.

Sat.

Sun.

# Sep. ○

Mon.

Teu.

Wed.

Thu.

Fir.

Sat.

Sun.

**Oct.**

Mon.

Teu.

Wed.

Thu.

Fir.

Sat.

Sun.

# Nov.

Mon.

Teu.

Wed.

Thu.

Fir.

Sat.

Sun.

# Dec.

Mon.

Teu.

Wed.

Thu.

Fir.

Sat.

Sun.